気化

手塚敦史

気化

I

「あれが、けむりのみえる前の　つやのある写し　」靴下の片方が、とり忘れられ　残っている

流線形

雨のなかにいる時のコードは
足どりのほうへ　消え　額にふえる季節の奥
みずいろのマーブル模様のけむりは
「あかりとり　」と　発語する口もとへ　あらわれ　形影と、〝さわれそうな〟空の酸化をすすめる

「昼間は　ずっと観察したわ　」

息を短くするのがわかって　そこらにいた人影のことなど
誰も気に留めなくなった　──何十年も大切に保管されていた　ふるいペンの、いまは出ないインキ（内側…　）

（潑剌と　隈なくことはなぞられ、ものみな　あらわにされだすのだろうか…　）
（ふれだしても　ふれてしまわぬもののありか…　）　呂律は〝回らなく〟なる　〝髪の匂い〟ばかり　が

「眼が陽の光に　やられてしまった　」

青ざめたような〝けふ〟〝けいふ〟の腕をにぎり　爪先は　灰が寄る皮膚へとくい込んでいく
（あのひとの手の脂が付着した　ガラス窓の見え方…　）を　寄せつけると

「いまでは半導体をつくっているんだって　」

フラスコにいくつかの原液を垂らす
何かの実験をした時も　同じクラスメイトたちが　そこらには居た

「ガラスの反射角へ　ずっと引かれていくのだわ　」

みずいろのマーブル模様のけむりは　一隅の空気へ混ざって　瞬きする時の　火への愛着のように、立ちのぼっている
虫くいがすすみ　ページを捲ることすら　もはや、ままならずに

なされるものごとは　眼には見えず、　――緑青に覆われ、〝ひび割れ〟ていた町なみ
「あかりとりよ　」空の、澄みきった喉笛からは　声を聞いた　形影と、くゆりながら　のびていくものがある
子は覚め　小雨

赤錆びた金属フックに
指でもって　籠めた　古風な　るりの嘆息が
茎のようにほそく
閉じようと　こよりとなって
触目ひずませ
反りかえった昏冥の葉と
ブールドネージュという菓子を
口へほうり入れた
対話者の

傷だらけになったレンジのそばで　疲弊しきった
または　くずし出された膝へ　と
かゆい目をこする　（発話者は　幼年の　）
所作とかがり　いま唇に
雨と濡らす　遅れを感覚する

眼を閉じると　視線の先でゴミを拾うひとの
姿形が、含みだすもの
まるくなった背で、庇おうとするもの
排斥と向き合いながら、排斥されてゆくしかないもの

入れものが欠けたほうの　酒と煙草と不条理
気候変動の問題を　まえに
通りすぎた　花ピン　容器　ペットボトルの、うわもの
アクサンに震わす髪の毛は、土砂へ紛れていった　濡れ本にも

…あるがままであることの遅さをなぞりはじめます。

青年たちも　電球色の明かり下へと　躍り出て
罹患する手を伸ばし　放置されていた液体と　交信しだす
みられたことのある通行人も
気体となってりんかくを失いながら、カラスの黒目を　蓋っていく

明けても暮れても　介護をつづけるという　窓の明滅まで
（あそこも…　）　（ここも…　）　（どこも…　）
結露のおかれた一枚のビニールには──
物質にふくらむ　（内外　）打ち通す　家/uchi/と　の　連なりもあった

うつされて　しわすのかがみ

「い　」（以　）「いーで　」（出　）　しろく透明な火が、耳のなか至（まで　）　破裂している

ことば以前の、夜のにおい　を　嗅ぎ、

…もともといたのは、どこを見渡しても不能のひとでした。

「よーれ　」「ほつーれ　」「しーみ　」と、ある

…毎日が異質なものの取捨や災厄の可塑性にさらされ、ずっとあらがえずにいるのでした。

「いこ　い　」「こ　い　」「こ　」（回転　）　浮漂する煤煙　またはプラスチックのロゴ（転写　）も　みえだす

記銘（きめい　）保持（ほじ　）再生（さいせい　）をくり返している

時は不思議なちいさな火——

…憩えるところも知らずに、妖気漂う前夜へ揺らめくばかりです。

入れものの蓋は、素手で閉められていく

眼を閉じると　視線の先でゴミを拾うひとの
姿形が、含みだすもの
まるくなった背で、庇おうとするもの
排斥と向き合いながら、排斥されてゆくしかないもの

キキョウのことば

みず草を大切そうにリュックに詰める
あのひとは　先のすこし尖った靴を履いている
タイムラプス撮影で　腐敗していく
犬の画を　継ぎ接ぎの時のうち　秘かに見つづけた
海水と真水とが混じる　淀川の河口の、海藻ばかりを
小魚を獲っているひとの向こうの石垣に　干して

汽水のドームへ跳ね返る　籠った　藻類にひろがる　照り返しが
竹籠からはみ出るほど　いっぱいに詰められ

「故郷へ　しおくさいドームごと、背にかついで　いつか持ち帰りたいのに…　」
笑いながら　怒った声をたて　言おうとしていたのは

身ぶりと　恣意性　潮の満ち干　ふれた音声の剰余など――　年老いるまで、記憶しつづけたもの
トラジ　トラジ…　テ　トラジ…

そこだけ　雪の降る島の　ちいさな幼稚園　キキョウの花は回帰した
なつかしくなって、　シンシシ…　サンチユネ…

テ　エ　トラジ…　からだの　入れもの…　ヘイエイ　ヤア…
ヘイ　エ　イ　ヤ　ア…　ヘーイエイヤア…

ハン　ドォ　ブリマ…　テ　パ　プゥ　リイ…　バ　ア　シィ　マ…
たがいの口の端　片言の　一　六　鯊（イチ　ロク　ハゼ　）…

「ヘンな靴を履いたあのひとたちは　一体何をしているのだろう　」噂話が　聞こえる
「指のつま先までみえる下駄を履くひとのほうが　下品だよ　」向こうも知らない言語で　ひひらかす

トラジ　トラジ…　友と歩いた道のこと…
月白の空の　隠れ入る　瞬き…

犬の　壊疽する形態素/onse:/へ　しがみつく…　リュック…　竹籠…
みず草…　海藻…　母の手がする　すなどり…　ともに、希って　ヘーイエイヤア…

「目や耳、鼻とちがって　口は顔のなかで　たったひとつなのに…　」聞こえたままを　受け入れようと
「この悲しみは　いつも対称性のほうへあっていくのかな…　」わからなくなる前の　一語一語の　婉曲した呟き

左足に装具をつけ　施設の車いすに座って　押してもらっている
愛惜のオキナが、唄から派生した物や事の断片について　継ぎ接ぎの時のうち　語ってくれた
「あのひと…　」と言うだけで　対象になりはじめる

対称性と対照性――　伝聞の打令の曖昧さに、　わたしも語り手となって　あのひとを　継ぎ接ぎの時のうち　思うよ

サティ作曲

ピアノの音が　流れる
液体の、ひかりが
音の中　　で　生きている
みずの踊り子が　　宙で、目を閉じていった

ガラス窓は、あらゆる物体から　遅れだしている。

あやしい紫のしきたりが
いとかけの靄が

あつまる　夜という　星々の照らしと
言葉がしぜんと紡がれる　横の
あなたの声は
にじ　む
時間は　絶えず　絶えないと思える

生物としてあるような、ほんの一滴を　落としていったもの。

樹木が一本　並木道のほうへと　迷い込む日
買い物袋をふらふら揺らしながら、白壁に叩きつけると
はっきり物質は移ってゆく
はりつく微笑が、にわかに空気を振動させ、──

無垢なるまなざしとは、不可視な静けさ　そのもののことだったのかもしれない。

ブラインドの奥の
白壁にただようあおい葉のかげは　希釈され、

建物の音感から差しだされる
（ヨットの帆、…）
（ベッドの横の、スタンドの灯かり、…）
（ころがる無数の乾電池、…）
トポフィリという　覚えたての言葉と　空の、あおさについて——

ガラス窓は、色づくけむりからも　遅れだしていく。

ピアノの音が　流れる
液体の、ひかりが
音の中　で　生きている
サティ作曲　の　入れられている、ケースは　つと光る

ペインとペイン。

ランプの灯に手をかざす
……ジュレ　ふるえた　はだに射し込む

汗ばんでゆく透明なひたいに　かかる黒髪は美しく
また枉曲する
（けんたい、はいたい、たいはい、…）と　床上に散らす　paint
みずの八十八をえがくかげとなって　∞∞
動きながら　∞　∞　月のこよみを飾る

喫茶店　ドルフ

雲をつかむ話をしている
煙草を喫いながら　（かみなりが光る窓　）
ヘッドホンをつけて音楽を聴くひとの、呪われた部分と
毎日のように　つきあってきた
それから仕事仲間の視線も、日に日に短くなってくるのだった
落ちる（ペンキの剝げ跡　）という翻訳のもと
サイフォン式コーヒーメーカーの、豆を蒸らす音が響くと
「手のひらの下はちょっとした　ちいさな街ですね　」
気障な言い方で　意中の相手をしらけさせた

別の場所では「メイシャがメイシャが　」と、陰口を言って　悦んでいた
（かみなりが光る窓にふれる　）
くるめどもくるめない　荷物を小脇に抱え、横になった自転車に
片手を添えたまま
時間は　つづくということを　からだは受け止めていった
「いまは、喫える場所ではないよな　」
（もうどんな、どんな　ことばも…　確かに繰り返され　言ってみる必要のあるものだった…　）
〈ドルフ会〉のメンバーは、　CW　WC　――
トイレへ行く　打ち消しの手の仕草と
花を飛ばして茎の断面をのぞくような声から持っていかれ　どこにも
置き場所がなくなっている　（かみなりが光る窓　）
「ロハスな俺って、最高だったのかもな　」
フットサルをする仲間と　冬キャンプへ行くという話もあったが、
道具は　何時までも揃わずに――
「きみもまた、煙草を止めてしまったのか　」
〝友〟と書く　あるいは〝ダチ〟と言うこともあった
雪まで降りかかる真っ赤なセーター

チンシャン、…　チン、シャン…　一人の〝ともだち〟の使い方は、「複数で、わからずじまいだね　」
黙ってしまっていた
（かみなりが光る窓にふれる　）
「いまも〈ドルフ会〉が、定期的につづいていたらいいのに　」
叡山電鉄鞍馬線木野駅の　近くへいって
固有名ばかり、先にあらわれている申し送りだった
「わかるよ　」それに出合った
出合ったことが　（かみなりが光る窓　）
何かがこれから起ころうとして〝まだ起こっていない〟何時でも手前であったことが
（かみなりが光る窓にふれる　）
冴えた黒曜石の時間は、誰のときにも確かに刻まれていく
「ふく―み　」「ふく―ら―み　」
雲をつかむ話をしている

「て　の　な　る　ほ　う　へ　」

大勢のとりもちを　掬えるだけの手の動きで　風の何かへと（替えようと
あなたという　絶対への裂け目を　まえに――
各々の相対によって　ひかり（放り込まれていった

歩道橋の上　天気雨が降っていた　×　　×
（もう、そこにはいない…　）

ハンドルをにぎる　顔をくしゃっとさせ、（まぶしそうにさえする
ともだち

（風風ドライヴへでも行こうかな…　）
河川敷で、子どもたちは遊び　（通信だね…　）
さらされた（草はらへ

喧嘩しても、どちらかが　切り出せば　すぐに、仲直りすることができた　×　×

沈んで　またはねあがろうとする
賑やかな街の、ツリー
マッチ棒（バー　）　屈折する　コーパスの集積も　速度にのって（耳目の　先へ

靴跡　葉っぱがついた　歩行とは、（それ以外
あわいの――
（ふれ　る、さきの露　あとの　雫　も、　つたってくる　）

メ　ト　メ　マ　サイン　×　×

はしゃぎ回っていく「照る・鳴る　」「てる　なる　ほうへ　」
（まるで slime だね…　）
風穴の何かすら　jumper は　読めずに　はためき——

静観と　雲と日ざしと　心音と
フロント越しの動く空へ（またひとつ　たたみかけていった
（いつか　再会できたとき　おいしいお酒が、飲みたかっただけなのに　な…　）

「て　の　な　る　ほ　う　へ　」

大勢のとりもちを　掬えるだけの手の動きで　風の何かへと（替えようと
あなたという　絶対への裂け目を　まえに——
各々の相対によって　ひかり（放り込まれていった

歩道橋の上　天気雨が降っていた　×　×

ナツノツヅリ

水蒸気がナツノツヅリの透き通った
反射光に浮かんでみえている
朝へ　男性であればうつすでしょう女性に
こわれゆく自分のはだを
Ｌ　Ｇ　Ｂ　Ｔ　Ｑ　の鏡文字に移動する
エナガを指さすと
尾っぽを器用に使い、　羽ばたく向きを宙でかえ
かたわらに寄せる耳目の　ありか――

わずらわしい口からの　潜在性のほうまで
発熱する運動体

そのひとが話すことばの、［ts］と［dz］の音から　ミルクの溢れだすような、網目が　かかっていった
からだとは　なごろ　なごりなみ　と　追従する　ひかりの在り処のこと
再帰性のある〈余美〉という万葉仮名をあてて言うのが、ふさわしいのかもしれない
あたかも眼にみえなくなる前の朝焼けのように
プランクトンが沢を漂い、火屋と窓あかりが花粉を弾けさせ、
顔を刺す空気は変換する
シジュウカラに近い口もとへ、またその声がなんとも美しい音声言語以外のものと結びつけ、
いまにも髣髴となる

一区切りずつ、一音ずつたどりながら　ずっと眼球上を動き回っていたもの
初めて文字を書くように　けしきの〈茜さす〉を写しだす
八画目のはねへ〈見惚れながら…　けれどもわたしの　あらゆる文字言語は、間違えてしまっていた

そのひとと　話して過ごして　不意に口を衝いてでたことば　どんな時でも　好きになったことの　絶対が　暗部にふれ
語りだされることはなく　曖昧なかげの言語の襞をまとって　そよぐのうちへと　離れていってしまう　ナツノツヅレサ
セの無数のかげに　登山のあとのからだの熱を冷ましていた　動く　どんなひとの認識も　首筋の汗と　空気の襞を揺ら
し起こしてゆくに　過ぎないものなのかもしれない

朝露の実の時を思う　りんかくに莢と
のる円運動は、掃われた
枝のたわみへ弾かれ、やって来る　カケスは出来事の　煤を（纏うように記憶する

もう何事も起こらないように
ナツノサカリに　脱ぎ捨てられ　まるまった　ベッド下の衣服から
刈り取られていった

ホシムクドリは音響上の回帰構造を認識できるという報告を読む　山登りと鳥の写真を撮るのが趣味だと　話してくれて
いる　ナツノツヅリの　ひとつ抒べるごとに　消尽させる　相槌を打つごとに　回帰させる　運動体

腐蝕のある公園のベンチへ座り、（　わた　し、　は　）と対称化させたあと　性別がわからなくなったと　告げる

さがと傘　ひかがみには
同行しながら、鳥のさえずりを真似ていく　はだいろのグラデーションの波長も　混在しだす

［ts］と［dz］の　網目の　ピッチへ、
回折して起こす　符号のようなもの
口から、気流をつくりだす　気管へも、（飛び立つ瞬間の、姿形は　あつまって来る

（家族やともだちの写真も間に挟まれたが、ほとんどふれずに　画面はスライドさせられていた　）
むくむくする唾液のかたちをなぞり、ナツノアタマまで指先がとどくと
細胞間の　透明な移動、伝達へと　置換され　みどりの器官は剝きだしになり　そこらじゅうに機能しはじめていった

ナツノ…、ナツノ…、まんべんなく降りていく　器官のあかるみがあった

（沢の向こうにある木々のことなら、たしかに聞いています　）
みずから動くことはないのに
待っているのは、動きのあるものばかり――

いきの滞留に、喚起され　わたしも傘を持って話しはじめていたのかもしれない

水蒸気がナツノツヅリの透き通った
反射光に浮かんでみえている
朝へ　女性であればうつすでしょう男性に
こわれゆく自分のはだを
Ｌ　Ｇ　Ｂ　Ｔ　Ｑ　の鏡文字に移動する
エナガを指さすと
尾っぽを器用に使い、羽ばたく向きを宙でかえ

手にとるように——

眼に入った最初のひかりを　何とあらわそうと——
鳴動　巡り　振動　初動　鼓動
homō loquēns
稼動　不動　脈動　微動　変動　波動　胎動　連動　あらゆる動態へ——
わずらわしい口からの　潜在性のほうまで

連名の名を　ともにつらねようと
ナツノツヅリの一音ずつ、一区切りずつ、〈茜さす〉からだで読んでいくもの

はるの雨音
ソックスが　室内に吊るされ、
ひるすぎのいつものアナウンサーが指し示す
オリオン座大星雲
自殺したという　子どもは　室内にはいない　たとえば、しずかに哂うと
天井からは　足音が漏れてきた
雨をみる　正面から
葉のつらなりに　つづいて
雨の背面から　遠巻きの囲いは　あり

枝の梢が空を覆うように　街の抽象を眼下にうつす
ソックスを　指でつまんで　下へたらすと――　雨雲から　はねあがる
ドドメ色の星雲が　のこっていた
（ことし、桑年を迎えられたという　葉書をみる　）
雨音を浮かべながら、
黒板へ書かれる　化学式に　〝雁だれ〟をつけ　反応したことも
届けものを　梱包する
けむりが立っている　下のほうにある　靴
認知症をわずらっている
むかし、先生をされていたという　入居者の、排泄ケアへとりかかる
（卒業式の日も、雨が降りつづいていた　）
あまみがある
雨をみる　波紋のうえ
〽ん　ん　から　はじめられる
わらべあそべ歌?
〽にんげん、に　げ　に　げ　にげきらず　つかまらず
〽わたしから　に　げ　に　げ、　にんげんに　なる　といわれる

針が落ち　葉先のほうへ　ひずみだし
水の張った　掛け時計に
乱調に詰められる
砂利や伸びきった草を　はじくのに　ともだちと　夢中だった
物や事の〝星雲の渦〟となってゆく知覚がある
〝雁だれ〟は　反転し、歪められ、
〽にげきらず　つかまらず　いなくなった　こどもと　こんども、うたっていた
〽に　げ　に　げ、　にんげんに　いつか、なれる　と　うたっていた
はなれる室内のソックスに瞠く　まばたきは
草のにおいと　――こそ
はるの雨音

Ⅱ

「あかりとり　」と、何十年ぶりかに話すと、しゃべり言葉へ帰納していくことに　息も吐けぬほど呼吸は苦しくなる

日没

反響定位／黒い物体のような／もの／と
ホルマリン漬けの／生き物の記憶の混じった　うすい飛膜が、／舞っていった
おでお　で／手招きされる
第二次性徴の／ふくらみかけた胸と／夢精した下着は／侵入し／勝手に
（　うじやうじや、…　）（　うじやうじや、…　）
生体データを／書き換えていた
複数化できずに　縺れ合い、シナプスのほうまつと、
臍下丹田へ弾ける場所のこと／／亡霊の残像／止　生成が、テレビ越しの手話で／おさえられた
行動の特性と呼ぶには／あまりある／認知までの相聞から／／比較している

カルテに引く／ショッキングピンクの　ラインマーカーの先、
虹彩へ滲む／配列も／のこる
（　帯域、靴紐、…　）ぬのところぬのと　受けとめた
（　けっく、けっく、…　二人になれば、心中には　真鍮と回転する空模様も、…　）
反響定位／黒い物体のような／もの／と
眼の／みえないらしい／ひとも／／歩いている
すれ違う時の／ずっと踊りつづけた／個々の、／二つの移動する物体のあいだを　小間切れに
雨もよいの家のほうへと／失せていく
（　空中線の音は　立って来ていた、…　）
（　穴があくほど　みつむまでみつめていった、…　）
寂滅のけむりと立ちのぼる／／宵の　口の（　もの、…　）

美術と寮生活／space

いまにも降りそうな天気両
親への不実が美しい宝石を
めくっている本をたてひか
りはじめるきしみ跫音ガラ
スはパルマコンを飲む老人
の横顔をうつす作品に言語
が付随するほの暗さから饐
えた花の匂いをさせ落とす
左手の欠けたチョーク線的

抽象になる前の鳥のかたち
（オイバ・トイッカさん）
線の先の線は加えられずに
周期表のわきの定規を引っ
掻くとルビンの盃から濡羽
色が掠め過ぎ褐色斑のある
液晶へワニスの上に固着さ
せた埃や糸クズを移動させ
数羽の鳥の着地を紛れ込ま
せる空耳殻あるいはタマフ
リ思いだせばせめぎ合う異
なる物質のかげだカウチソ
ファの置かれたラウンジで
（カイ・クリスチャンセン
さん）ドアを閉めメディウ
ムがうつされる思弁的な動
きの手首（ハッリ・コスキ

ネンさん）を透かしていくとテレピンに含まれる月光からはみ出る老人と寮生はそれぞれ番号のふられた部屋へと入っていく生物としてのヒトや火の手のあがる火の粉がいまにも窓辺から落下しそうな形状となってならび背後にほころぶ柘榴の果実さえ熟れさせ（タピオ・ヴィルカラさん）薄い襟首の辺りへ地形の嘴をのばし（アルヴァ・アアルトさん）かげっていく「あれらみんな枝葉の現象です」紐は垂れアンフォルムの鳥のあとへ葉が落ち写真を撮

る壁のわきに光線の捕獲し
た数葉の冷感は滞留し釣鐘
状の赤い花の力線はふるえ
ウンコとかオシッコと小突
き合っている芝居がかった
寮生の吹きだしのついた会
話や階段を下りてきた交差
する気体のながれ総天然色
の家具のなごりへも線的抽
象になる前の鳥のかたちは
移されていくダチュラの種
子反映されてひろがるオイ
ルの表面もののくずれいま
にも降りそうな天気

翩々花

しゃんしゃんと
ましろき　貝殻の象形
たちあらわれ
たゆまず
回り
ガラス越しに手をつく
みどりの風も

運ばれるなら、こうさい病院がよかった　あすこなら、患者も医師も、たまゆらに

しらみ
いずこへ行くか
気管から
きらら　きららかに
老いも若さも
行き交う
月日のひろがり
とこしえに傾けた　千草
窓打つ　灝気　そぞろに沁みる
軒端の櫂を漕ぐ音
（いこく…　）（けいこく…　）
朗読をする園児たちの
横も
颯爽と　通り抜けていく
しゃんしゃんと
昔気質の
あのひとの指紋は　浮かび

翻る
薄桃色の地肌に
路上のかげも　まっすぐ
のび
一度は　毀されて
ふたたび復元してきた　町の
すがたという
（いこく…　）（けいこく…　）
（なら　なく　に…　）
這入っていた
クマムシの仮死状態へ水を与え得るような
昔から夢幻泡影をつづけている
まなざしも　ひわれ
足早となって
一人　縁にいたということ
心赴くまま　造形をかさねた日が二人にはあったということ
（お大事に…　）　という声さえ

すれちがっていく
目に見える（乗り物の…）劣化しだす
息ざしとなって
塵や蒸気の
かたちづくれる雲のあとと
あとからあとから
貝殻の
ガラス越しには
通園のたびに　肝油ドロップを　先生から一粒もらえた
（味蕾の感触が…）思いだされ
吐息
ましろき　花水木小径

夢中／myodesopsia

眠っていると渡り廊下を歩くあのひとは鮮やかな図案の上を幾何学的な数字と図形でいっぱいにしていくコイルが回転しながら空から降って風に押しやられた翅鞘が吹きだまりの砂と交じってふるえだす「ながく朝気には漿果の匂いがするから」さずけられた地と図の神話的な光の作用を左手で遮れた

ら塵やアゲハ蝶が空へ身を捧げるような飛び方をしながら音楽隊の率いるエイドラ・シリーズのおよそ見えなくなる先まで合図を送っていく「ぼくらの内面はまだ何も答えずにいるから」ただ頭を下げ先細った様の楕円形とすれ違うと敏捷に遠ざかっていく物の配置の感覚地図の折り目神経叢のかげをのばす実がひとつ視差の端へと落ち崩れるようにも感じられ「微量の別の成分がまだここには混じっていたのかもしれない」

夢を見たことがある透明感があったり日記の記述が突然過ぎったり「幾つかの親密な切子細工それか

らアザミの形状をした氷の結晶漆黒の手前を行き過ぎたら踊ってしまうよ」ひでりを待っている「遠ざかるほど小さくなってゆくなんて嘘だ」簷声はかわきあのひとは夏も冬もない雨宿りと暮らしいままで見たこともない陽の輪っかを「てんぐるてんぐる」と口にしながらみずからの輪郭へ転げ回していた「踊ってしまうね視線か言葉かどちらか区別はつかないけど」それが来るとかげの半径ののびる先は生き物の節が開閉運動をする裂け目となりつまんだ葡萄の実は割れなかからトポスを想起させる空との鮮やかな組み換えは行われはじめるのだった「無数の液果が

気体の奥から回転してくるとここが南天の蝕を指し示すようでさえあった」

夢でも見ていると思える瞬間がある通り過ぎた声は向こうでプロレス技をかけてきた男の子たちといきなり「クーッ」と叫びだすからふり返ってその姿をまじまじと目で追ってしまった「冒瀆してばかりなのかもしれない」位置をにじませたトポロジー明るすぎて霞んでいる嘘を吐いた唇リボンの結び方のわからずにいるピロティー落としてしまったシャーペンの芯の何本かはやわらかそうな制服の襟へ「さかさまなんてまさかさ」境

界や輪郭かたちのない永遠がいつまでもそのものへの言葉すら持てずにレースのカーテンと揺れ町々に留められた塵芥は舞台前の踊り子たちの行列と祈願しながら真向かった先の生地の電球へ次々と灼け焦げていった

話に聞いた夢の時間がこちらの夢の底方へ紛れ込んでくることがある校舎は物体の軌道を描く図案でいっぱい逃げだすように急に老いて見えたあのひとと視線を寄り添わせると通り過ぎた渡り廊下には漿果のしみのあとが残され音楽隊の忘れたエイドラ・シリーズの数葉とかぎろいのアスファルトまで

いつしか皮膚表面のカーヴを描いていく「生物としてのヒトの死と死亡することとは別にあったから混乱するわ」うまく持ち帰れるようにポケットから少しつまみだしてみてまた引っ込めてしまった地と図に点滅する体温計サチュレーションバイタルサインのかなしみと眠る肌はいま大きな代謝の過程へと侵入しミオデソプシアあのひとの気化熱も作用しだすかのようなその手を取り影送りしたらコイルが回転したあとの透き通った空は眼底で原始的な生物の動きのまま見えたものと関係し合い無数に分かれ跳ねだしている起きてしまうと相似形の細部は忘却され暗色

のけむりとなり個体の消失点は現
実へまざまざと浮かび出て「視界
のかんばせまでの尋を写し取り眼
裏の軌跡から点々とぼくらは灼け
焦げて行くだけのものだからもう
終わりまで指折り数えあげること
しかしない生き物だった」いま昏
睡の状態にあるあのひとのからだ
をながれた時間のこと

キーノートキノノ時、——

わたしの名まえにある
無声歯茎破擦音と、　有声歯茎摩擦音
声色の違うひとびと　の
調音の仕方に（とらえられていく　（砂のひかりは　舗道に
みずの打ち寄せる
空の　端に　（闇からは幾筋も　出自のように

かたちを通り抜けると　かげがはなやぐ。

てずからみずから　はじめの数音節に　目でもって（ひととび
目をもっているあいだ　へと　質量の（欠落したすがたや、有声音の（無声化、　空耳も（浮かんでいる
スタイルの（スタイラスへの（変化からも　０　０
破擦―摩擦―舌先―奥舌―両唇　歯すら覗かせ、入り交じり　割れかえる　θ
フォルムのずらす（ブレに――　溢れだそうとした（足裏
（あたりさわりのないこと　以上に、　話せることなんてない　なんて　どこにも…　）

「今日の天気はあおい　」（ふ　て　）ふっている。

荷を仕舞い込もうと　回想する
モノと対峙した（焦思と　近かったのかもしれない
毫端を吹く風と　うしろで
剝がれ落ち　（例文で読んだことがある　色のないみどりの考えも、　頭のなかへ　ほ　は　〃　た　と――
いま　手にあまる（あのひとがくれた
ヒイラギの花を　いつの間にか　窓から投げ入れてしまっている

「うろたえ　うたえ　」（ほ　て　）ほうっている。

草は畝となって　（どこにも…　）
あおのの下に向け、かげのほとりに
腰を浮かす　みどりの
あめつちの反映（ここを通って、どこまで　マンホールの砂は
曲線の、空き壜…　口のひら　き
実　と　さや　と（かげりを　重たくさせ

首筋のあかりは　あかるんで
あかるので　いつかの街灯　の　霧氷　と「とてもとてもとても、ね！　」
貴金属のおかれた　咽頭の際立ち　かたちの反り返る
くくたち　廃材のかまえを　一突きする
睫毛をふるわす　発声された　舌の端　零れた　、（チュ　）
、（チュ　）への　反動の澱み　と

着替え時のすがたの　ふ。わ　ふ。　わ　と——
あくる日の　あかるみへ

遠目の読唇へ
「ひとっ子一人いない　」の　あの〝ひとっ子〟　たちへ
ふいに、音素 /onse:/ の破裂する　ひらき　ひらぎ　芽鱗（がりん　）の　たたえた静けさと
みずいり名の　の　の　し　り

（昭和生れで、　）にんげんが　〝目に見えて〟　こわくなった。

吊り下がったゴム手袋の　周りに　かなくずがはためく
朝夕うたの練習をした　いまでは旧友となっている　〝ひとっ子〟　たちを
引きながら　集めきれなかった　花糸（かし　）の訳す　はなうたの暗号として
ひそかな闇の　赫さとなった　（利他あるいは利己という
舌触り（わざわい　）へ　０　０　０　０　時制は　ととのわず
ひ　〃　ひ　ら　く　（不一致もあったな　）　と　色のない　けむりが立っている

（あのひとが　）沈黙が音にふれると　かげはよなげる。

ひびきというもの

チ　ること
うたい　ちる　巻き毛
て　づ　か　君、　て　づ　か　さん、　あっ　ちゃん、　あ　つ　し　君、
あー　君、　て　づ　かッ　ち、
て　づ　か、…　て　づー、　あ　つ　し　さん、（こんなにも、…

キーノートキノノ時、小石ヲ置イテ――。

（草は　あの乾いた音のほうだよ…　）
いさめることのほかに
ひらく　ひいらぐ　（ひとびととひととび（書き記すものとなれ

不一

みどりの受容器

み　て　み　な　――
波のなか草のなか
終わりのない繊細な往路に照る
身動きのとれない　みどりの神経が
張りめぐらされてばかり
五月は、透明になったはただの　手頸の静脈
彼女のあおいかげに
ぺっ、ぺっ、と　血を吐きかける　根毛
（コノコロノココロ…　）

（コノココロノココロ…　）
鈴　ひとつ分の
スズランも　点滴の導管を（右腕へ再来させ
緑陰の　とけた壁へ　からだの細胞は　しずまる
「渡す相手のいない回覧板をずっと携えてやってきたんだよ　」
ものの動きに　動かされる視線も、（つかまらず
あの花車に　のせられたまま
心中しようと　二人　まなざしを　交わしたこともある
吸引器の　カテーテルは（ねじれている
カニューレのつながれた
からだの器官は　外へ（露わにされ、
胸をあらう（タオルの　濡れた（しろさも、こぼれていく
りんりと零れる水の音に付着する
花粉の時間
口のなかは乾燥して　絶快だった頸椎は硬直する
かぜの　跡地
「だってさ、もう拾われない　」

硅石にもよせて（交通の足のはだかが、
血痕の信号が、布へ　点々とひろがり　途絶えていく
（コノコロノココロ…　）
（コノコロノココロ…　）
鈴　ひとつ分の
スズランも　点滴の導管を（右腕へ再来させ
ひでりのチューブとも　繋がれる
のびては　ちぢみ、
みどりである生物の増減へと　包み込まれ　やがて、小刻みに震える
呼吸―心拍―酸素―濃度
血圧―体温　と
別々の管がのび、蜿蜒と　計測されるだけとなった
完全に受容器となった　すがたへ
ふれられずに　はじめて　目にしたとき、涙が出てきた
み　て　み　な　――
波のなか草のなか
終わりのない繊細な往路に照る

身動きのとれない　みどりの神経が
張りめぐらされてばかり

帰郷

ノード／ここから見える景色が
景色のなかに見える　ふうけいが／ある
左目を手のひらで蔽う
はるさき　はるの
さきに　／みずを書く／と
毎日のように／／磊落になる　手許の、えんぴつに
体液はあふれ、壁近くの／リラを
揺すったら　透けた
群青の

「こう頭の動き　だけで…　」
流れていく　／ものも
ざわめき　物音が／つんざく　／　ふう／いろ／／けい／／
には　ひずみ、　みずひき　／　と
さきに　ながめた
けむりが、　暮らした／台所の
タイルの艶を　／　遠ざかり、　はるの素地を
込めた
なきがらの／かるさも　／　つぶぎれとなった／　右路へ　／／
葉陰を／たたせ
顔にかかった　／しぶきが／
話し声の／けはいと　／
どれだけ　／　どれだけ　／　ひとつずつに　／／
息を／　通わせ　て　きても――
ノード／リラの／みずばねや　こめかみ　／　視線と／伝える
はるのさきいろも／閉じ
沈黙をまだ知らない　しずけさ　と

方角の　／　山々も／肌膚へ　ふれだした　／　ふう／いろ／／けい／／…
いたるところへ
隠す／／用水路の　みずの　ね　は　も…
「四十九日…　」／
ノード／口吻にも　／こゆび　から
引き伸ばされている
群青の

みじかい石のおもてに刻まれ　散開するもの
「え　い　え　い　お　う　」
依怙地に　母音の喚声 /onse:/　同世代へ　口と口から　転移させてゆけば、

水脈（みお　）に　さわられた
さらわれた　しぐさ…
所作が…
（炎天下にて　そろえて置かれた靴の　ポトラッチです　）

「てんぐす　」「てんぐす　」
（生みたての　）「成る・鳴る・なる・生れ　」（また　んまれて　）
レペルトワール
おぼえたばかりの季節のななくさを　帰宅までの道すがら（唱え合った　）二人を　おもいだしていた
昨日の　：　梨（ナシ　）の　月に／／あらわ　れ　：
まつかさは　うたう　：
（〝かおり〟と〝におい〟の　違いについて　）
——たたせてたったたたせてたった　語勢のあるシグナル /onse:/ へと　再帰を　くり返し
けむりの喪失／けむりの弔いと　同じ動きをしていく
「ドゥクティック・ポイケ！　」
「水脈（みお　）に　さわられ　さらわれてゆく　等価交換です　」
（みいぐさ、たまらみ、しもさび、とろくろ、くさな、ちこさ、ぽぽね、——　）

（みどりの植物の状態となってひろがっていくだけの時間　——　）

「わたしは、あなたといた /onsei/ です　」

ガス体

あ ら わ れ て い る
三十年前の、ガンマイクを　スタンドへ取りつける
使えるかどうか
あたりの音を　拾うと、
「水気　」「湿気　」「冷気　」　空には、内気な厚みがあった
高架下「気色　」　とおくの橋上に「気団　」
車は　はしり、蜃気楼が、　工場地帯から　内燃機関の音が、風防が、
「気圧　」「気温　」「排気　」
木草は　そよぎ、「気体　」「霊気　」「外気　」

「pink」「orange」「red」の
「吸気　」冠毛を乗せた　種子もみえる　「節気　」「二十四気　」
「そらね、潜函病の症状を訴えだすひともいる　」
空の　暗黒　そのものを、録音している
沈黙のノイズの　まわりに、住めるような建物の　なくなった
場所　「きざし　と　かたち　」
足先の　陰日向　「気圏　」上服が　風にふくらむ
袖まわり　「空気　」球形だった
ツヅミグサの　頭花と、なぞらえていく
時間　「倒影される　」ガンマイクは　動いていなかった
「pink」「orange」「red」の　ガス体となった　からだがある
あ　ら　わ　れ　て　い　る

詩集にして贈与するということ

目次

Ⅰ

II

目次に付した*印の詩篇の、言語学のコードを用いている箇所は、菊澤律子、吉岡乾編著『しゃべるヒト　ことばの不思議を科学する』（二〇二三　文理閣）に拠った。「homō loquēns」ということばや、ホシムクドリなどの鳥に関する記述も、同著を参照した。

詩集　気化（きか）

二〇二五年三月一〇日第一刷
定価＝本体二六〇〇円＋税
●著者――手塚敦史
●発行者――山岡喜美子
●発行所――ふらんす堂
〒一八二―〇〇〇二 東京都調布市仙川町一―一五―三八―二F
TEL〇三・三三二六・九〇六一　FAX〇三・三三二六・六九一九
ホームページ https://furansudo.com/　E-mail info@furansudo.com
●装幀――手塚敦史
●印刷――日本ハイコム株式会社
●製本――株式会社松岳社

ISBN978-4-7814-1712-7 C0092 ¥2600E